U0101669

中國書店藏版古籍叢刊

珠玉詞

中國書店

出版説明

《宋六十名家詞》，明毛晉編。

毛晉（一五九九—一六五九），原名鳳苞，後改名晉，字子晉，别號潛在，江蘇常熟人。少爲諸生，嗜讀書和宋元精本名抄。年輕時即從事編校刻書，於故里構築汲古閣，專門收藏和傳刻古書，直至去世。所刻書籍，流布甚廣，著名的有《宋六十名家詞》、《十三經注疏》、《十七史》、《六十種曲》、《津逮秘書》等。

《宋六十名家詞》共分六集，包括自晏殊《珠玉詞》至盧炳《烘堂詞》共六十一家。所刻詞集的先後次序，按得詞付刻的時間爲準，不依時代排列。每家詞集之後，各附以跋語，或説明版本，

或介紹詞人，或進行評論。自該書刊刻以來，成爲流傳最廣的宋人詞集之一，是研究詞學的重要叢書。至清光緒年間，錢塘振綺堂汪氏有感於《宋六十名家詞》汲古閣原本日漸稀缺，乃據以翻刻刷印，以便學人。

今鑒於詞集豐富的文學、藝術價值，中國書店據清光緒錢塘汪氏振綺堂刊本擇取部分詞集刷印。由於年代久遠，原版偶有殘損，刷印時特參照原書對殘損之頁進行了必要補配，以保持完整。該書的出版，不僅爲學術研究、古籍文獻整理做出了積極貢獻，也爲雕版刷印古籍的收藏者提供了一部珍稀的版本。

中國書店出版社

壬辰年夏

同叔撫州臨川人也七歲能屬文張知白以神童薦眞宗召見與千餘人並試廷中神氣不懾援筆立成帝異之使盡讀秘閣書每取諮訪率用寸方小紙細書問之繼事仁宗尤加信愛仕至觀文殿大學士以疾請歸留侍經筵及卒帝臨奠猶以不親視疾爲恨特罷朝二日贈謚元獻一時士大夫如范仲淹歐陽修等皆出其門擇壻又得富弼楊察賦性剛峻遇人以誠一生自奉如寒士爲文贍麗應用不窮尤工風雅閒作小詞其暮子幾道云先公爲詞未嘗作婦人語也古虞毛晉記

珠玉詞

目錄

點絳脣 一調　浣溪沙 十二調
清商怨 一調　菩薩蠻 四調
訴衷情 七調　採桑子 七調
酒泉子 二調　望仙門 三調
謁金門 一調　清平樂 五調
更漏子 四調　相思兒令 二調
喜遷鶯 五調　撼庭秋 一調
胡搗練 一調　秋蕊香 二調
滴滴金 一調　燕歸梁 二調

望漢月 一調　少年遊 四調
雨中花 一調　迎春樂 一調
紅窗聽 二調　睿恩新 二調
玉樓春 十調　鳳啣杯 三調
踏莎行 五調　臨江仙 一調
蝶戀花 七調　玉堂春 三調
漁家傲 十三調　破陣子 四調
瑞鷓鴣 二調　殢人嬌 三調
連理枝 二調　長生樂 二調
山亭柳 一調　拂霓裳 三調

珠玉詞目錄終

又

淡淡梳妝薄薄衣天仙模樣好容儀舊歡前事入顰眉　閑役夢魂孤燭暗恨無消息畫簾垂　且留雙淚說相思

又

小閣重簾有燕過晚花紅片落庭莎曲闌干影入涼波　一霎好風生翠幕幾回疎雨滴圓荷酒醒人散得愁多

又

宿酒纔醒厭玉卮水沈香冷懶熏衣早梅先綻日邊枝　寒雪寂寥初散後春風悠颺欲來時小屏閒放畫簾垂

又

綠葉紅花媚曉煙黃蜂金蕊欲披蓮水風深處懶回船　可惜異香珠箔外不辭清唱玉尊前使星歸覲九重天

又

湖上西風急暮蟬夜來清露溼紅蓮少留歸騎促歌筵　爲別莫辭金盞酒入朝須近玉爐煙不知重會是何年

又

楊柳陰中駐彩旌芰荷香裏勸金觥小詞流入管絃

聲　只有醉吟寬別恨不須朝暮促歸程雨條煙葉繫人情

又

一向年光有限身等閒離別易銷魂酒筵歌席莫辭頻　滿目山河空念遠落花風雨更傷春不如憐取眼前人

又

玉梳冰寒滴露華粉融香雪透輕紗晚來妝面勝荷花　鬢嚲欲迎眉際月酒紅初上臉邊霞一場春夢日西斜

清商怨　向誤入歐集按詩話或問元獻公雁過南雲云云確是公作今增入

關河愁思望處滿漸素秋向晚雁過南雲行人回淚眼　雙鸞衾裯悔展夜又永枕孤人遠夢未成歸梅花聞塞管

菩薩蠻

芳蓮九蕊開新豔輕紅淡白勻雙臉一朵近華堂學人宮樣妝　看時斟美酒共祝千年壽銷得曲中誇世間無此花

又

秋花最是黃葵好天然嫩態迎秋早染得道家衣淡妝梳洗時　曉來清露滴一一金杯側插向綠雲鬢便隨王母仙

又

陽和二月芳菲偏暖景溶溶戲蝶遊蜂深入千花粉豔中　何人解繫天邊日占取春風免使繁紅一片西飛一片東

又

櫻桃謝了梨花發紅白相催燕子歸來幾處風簾繡戶開　人生樂事知多少且酌金杯管咽絃哀慢引蕭娘舞袖迴

又 石竹

古羅衣上金針樣繡出芳妍玉砌朱闌紫豔紅英照日鮮　佳人畫閣新妝了對立叢邊試摘嬋娟貼向

眉心學翠鈿

又

時光只解催人老不信多情長恨離亭滴淚春衫酒易醒　梧桐昨夜西風急淡月朧明好夢頻驚何處高樓雁一聲

又

林間摘徧雙雙葉寄與相思朱槿開時尚有山榴一兩枝　荷花欲綻金蓮子半落紅衣晚雨微微待得空梁宿燕歸

酒泉子

三月暖風開卻好花無限了當年叢下落紛紛最愁

人　長安多少利名身若有一杯香桂酒莫辭花下醉芳茵且留春

又

春色初來徧被紅芳千萬樹流鶯粉蝶鬭翻飛戀香枝　勸君莫惜縷金衣把酒看花須强飲明朝後日漸離披惜芳時

望仙門

紫薇枝上露華濃起秋風管絃聲細出簾攏象筵中　仙酒斟雲液仙歌轉繞梁虹此時佳會慶相逢慶相逢歡醉且從容

又

玉壺清漏起微涼好秋光金杯重疊滿瓊漿會仙鄉　新曲調絲管新聲更颭霓裳博山爐暖泛濃香泛濃香為壽百年長

又

玉池波浪碧如鱗露蓮新清歌一曲翠眉嚬舞華茵　滿酌蘭英酒須知獻壽千春太平無事荷君恩荷君恩齊唱望仙門

謁金門

秋露墜滴盡楚蘭紅淚往事舊歡何限意思量如夢寐　人貌老于前歲風月宛然無異座有嘉賓尊有桂莫辭終夕醉

仙馭來　過雲聲回雪袖占斷曉鶯春柳纔送目又
顰眉此情誰得知

又

塞鴻高仙露滿秋入銀河淸淺逢好客且開眉盛年
能幾時　寶箏調羅袖輭拍碎畫堂檀板須盡醉莫
推辭人生多別離

又

雪藏梅煙著柳依約上春時候初送雁欲聞鶯綠池
波浪生　探花開留客醉憶得去年情味金盞酒玉
爐香任他紅日長

又

菊花殘梨葉墮可惜良辰虛過新酒熟綺筵開不辭
紅玉杯　蜀絃高羌管脆慢颭舞娥香袂君莫笑醉
鄉人熙熙長似春

相思兒令

昨日探春消息湖上綠波平無奈繞隄芳草還向舊
痕生　有酒且醉瑤觥更何妨檀板新聲誰教楊柳
千絲就中牽繫人情

又

春色漸芳菲也遲日滿煙波正好豔陽時節爭奈落
花何　醉殺擬恣狂歌斷腸中贏得愁多不如歸傍
紗窗有人重畫雙蛾

喜遷鶯

風轉蕙露催蓮鶯語尙綿蠻堯蓂隨月欲團圓眞馭降荷蘭 褒油幕調清樂四海一家同樂千官心在玉爐香聖壽祝天長

又

歌斂黛舞縈風遲日象筵中分行珠翠簇繁紅雲髻裊瓏璁 金爐暖龍香遠共祝堯齡萬萬曲終休解畫羅衣留伴綵雲飛

又

花不盡柳無窮應與我情同觥船一棹百分空何處不相逢 朱絃悄知音少天若有情應老勸君看取利名場今古夢茫茫

又

燭飄花香掩爐中夜酒初醒畫樓殘照兩三聲窗外月朧明 曉簾垂驚鵲去好夢不知何處南園春色已歸來庭樹有寒梅

又

曙河低斜月淡簾外早涼天玉樓清唱倚朱絃餘韻入疎煙 臉霞輕眉翠重欲舞釵鈿搖動人人如意祝爐香萬壽百千長

撼庭秋

別來音信千里恨此情難寄碧紗秋月梧桐夜雨幾

依約駐行雲　榴花一盞濃香滿爲壽百千春歲歲年年共歡同樂嘉慶與時新

雨中花

翦翠妝紅欲就折得清香滿袖一對鴛鴦眠未足葉下長相守　莫傍細條尋嫩藕怕綠刺罥衣傷手可惜許月明風露好恰在人歸後

迎春樂

長安紫陌春歸早嚲垂楊染芳草被啼鶯語燕催清曉正好夢頻驚覺　當此際青樓臨大道幽會處兩情多少莫惜明珠百琲占取長年少

紅窗聽

淡薄梳妝輕結束天付與臉紅眉綠斷環書素傳情久許雙飛同宿　一餉無端分比目誰知道風前月底相看未足此心終擬覓鸞絃重續

又

記得香閨臨別語彼此有萬重心訴淡雲輕靄知多少隔桃源無處　夢覺相思天欲曙依前是銀屏畫燭宵長歲暮此時何計託鴛鴦飛去

睿恩新

芙蓉一朵霜秋色迎曉露依依先拆似佳人獨立傾城傍朱檻暗傳消息　靜對西風脈脈金蕊綻粉紅如滴向蘭堂莫厭重新免清夜微寒漸逼

又

紅絲一曲傍階砌珠露下獨呈纖麗剪皴綃碎作香英分彩線簇成嬌蕊　向晚羣花新悴放朶朶似延秋意待佳人插向釵頭更裊裊低臨鳳髻

玉樓春

東風昨夜回梁苑日腳依稀添一線旋開楊柳綠蛾眉暗折海棠紅粉面　無情一去雲中雁有意歸來梁上燕有情無意且休論莫向酒杯容易散

又

簾旌浪卷金泥鳳宿醉醒來長瞢鬆海棠開後曉寒輕柳絮飛時春睡重　美酒一杯誰與共往事舊歡

時節動不如憐取眼前人免使勞魂兼役夢

又

燕鴻過後鶯歸去細算浮生千萬緒長於春夢幾多時散似秋雲無覓處　聞琴解佩神仙侶挽斷羅衣留不住勸君莫作獨醒人爛醉花間應有數

又

池塘水綠風微暖記得玉真初見面重頭歌韻響錚琮入破舞腰紅亂旋　玉鉤闌下香階畔醉後不知斜日晚當時共我賞花人點檢如今無一半

又

玉樓朱閣橫金鎖寒食清明春欲破窗間斜月兩眉

鳳啣杯

青蘋昨夜秋風起無限個露蓮相倚獨凭朱闌愁放晴天際空目斷遙山翠　彩箋長錦書細誰信道兩情難寄可惜良辰好景歡娛地只恁空憔悴

又

留花不住怨花飛向南園情緒依依可惜倒紅斜向一枝枝經宿雨又離披　凭朱檻把金卮對芳叢惆悵多時何況舊歡新寵阻　心期滿眼是相思

又

柳條花纇惱青春更那堪飛絮紛紛一曲細絲清脆倚朱脣斟綠酒掩紅巾　追往事惜芳辰暫時間留

住行雲端的自家心下眼中人到處覺尖新

踏莎行

細草愁煙幽花怯露凭闌總是銷魂處日高深院靜無人時時海燕雙飛去　帶緩羅衣香殘蕙炷天長不禁迢迢路垂楊只解惹春風何曾繫得行人住

又

祖席離歌長亭別宴香塵已隔猶迴面居人匹馬映林嘶行人去棹依波轉　畫閣魂消高樓目斷斜陽只送平波遠無窮無盡是離愁天涯地角尋思徧

又

碧海無波瑤臺有路思量便合雙飛去當時輕別意

中人山長水遠知何處　綺席凝塵香閨掩霧紅牋小字憑誰附高樓目盡欲黃昏梧桐葉上蕭蕭雨

又

綠樹歸鶯雕梁別燕春光一去如流電當歌對酒莫沈吟人生有限情無限　弱袂縈春修蛾寫怨秦箏寶柱頻移雁尊中綠醑意中人花朝月下長相見

又

小徑紅稀芳郊綠徧高臺樹色陰陰見春風不解禁楊花濛濛亂撲行人面　翠葉藏鶯朱簾隔燕爐香靜逐遊絲轉一場愁夢酒醒時斜陽卻照深深院

臨江仙

資善堂中三十載舊人多是凋零與君相見最傷情一尊如舊聊且話平生　此別要知須強飲雪殘風細長亭待君歸覲九重城帝宸思舊朝夕奉皇明

蝶戀花 舊七首攷玉梳冰寒鋪暑氣是子瞻作梨葉疎紅蟬韻歇是丞叔作今刪去又末二首向另刻鵲踏枝攷是一調今併入仍七首

一霎秋風驚畫扇豔粉嬌紅尙折荷花面草際露垂蟲響徧珠簾不下留歸燕　掃掠亭臺開小院四坐淸歡莫放金杯淺龜鶴命長松壽遠陽春一曲情千萬

又

紫菊初生朱槿墜月好風淸漸有中秋意更漏乍長

天似水銀屏展盡遥山翠　繡幕卷波香引穗急笙繁絃共愛人間瑞滿酌玉杯縈舞袂南春祝壽千千歲

又 一刻六一詞 一刻東坡詞

簾幕風輕雙語燕午醉醒來柳絮飛撩亂心事一春猶未見餘花落盡青苔院　百尺朱樓閒倚徧薄雨濃雲抵死遮人面消息未知歸早晚斜陽只送平波遠

又

六曲闌干偎碧樹楊柳風輕展盡黃金縷誰把鈿箏移玉柱穿簾海燕雙飛去　滿眼游絲兼落絮紅杏開時一霎清明雨濃睡覺來鶯亂語驚殘好夢無尋處

又 上二首或刻六一詞

南雁依稀迴側陣雪霽牆陰偏覺蘭芽嫩中夜夢餘消酒困爐香卷穗燈生暈　急景流年都一瞬往事前歡未免縈方寸臘後花期知漸近寒梅已作東風信

又 向另刻鵲踏枝

檻菊愁煙蘭泣露羅幕輕寒燕子雙飛去明月不諳離恨苦斜光到曉穿朱戶　昨夜西風凋碧樹獨上高樓望盡天涯路欲寄彩箋□尺素山長水闊知何

處

又

紫府羣仙名籍祕五色斑龍暫降人間媚海變桑田都不記蟠桃一熟三千歲　露滴彩旌雲繞袂誰信壺中別有笙歌地門外落花隨水逝相看莫惜尊前醉

玉堂春

帝城春暖御柳暗遮空苑海燕雙雙拂颺簾櫳女伴相攜共繞林間路折得櫻桃插髻紅　昨夜臨明微雨新英徧舊叢寶馬香車欲傍西池看觸處楊花滿袖風

又

後園春早殘雪尚濛煙草數樹寒梅欲綻香英小妹無端折盡釵頭朶滿把金尊細細傾　憶得往年同伴沈吟無限情惱亂東風莫便吹零落惜取芳菲眼下明

又

斗城池館二月風和煙暖繡戶珠簾日影初長玉轡金鞍繚繞沙隄路幾處行人映綠楊　小檻朱闌回倚千花濃露香脆管清絃欲奏新翻曲依約林間坐夕陽

漁家傲 舊刻十四首攷粉筆丹青描未得是六一詞刪去

人乞與金英嫩試折亂條醒酒困應有恨芳心易盡情無盡

又

罨畫溪邊停彩舫仙娥繡被呈新樣颯颯風聲來一餉愁四望殘紅月月隨波浪　瓊臉麗人青步障風牽一袖低相向應有錦鱗閒倚傍秋水上時時綠柄輕搖颭

又

宿蕊鬬攢金粉鬧青房暗結蜂兒小斂面似啼還似笑天與貌人間不是鉛華少　葉軃香清無限好風頭日脚乾催老待得玉京仙子到剛向道紅顏只合長年少

又

臉傅朝霞衣翦翠重重占斷秋江水一曲採蓮風細細人未醉鴛鴦不合驚飛起　欲摘嫩條嫌綠刺閒敲畫扇偷金蕊半夜月明珠露墜多少意紅腮點點相思淚

又

越女採蓮江北岸輕橈短棹隨風便人貌與花相鬬豔流水慢時時照影看妝面　蓮葉層層張綠繖蓮房箇箇垂金盞一把藕絲牽不斷紅日晚回頭欲去心撩亂

又

粉面啼紅腰束素當年拾翠曾相過密意深情誰與訴空怨慕西池夜夜風兼露　池上夕陽籠碧樹池中短棹驚微雨水泛落英何處去人不悟東流到了無停住

又

幽鷺慢來窺品格雙魚豈解傳消息綠柄嫩香頻採摘心似織條條不斷誰牽役　粉淚暗和清露滴羅衣染就秋江色對面不言情脈脈煙水隔無人說似長相憶

又（上二首或入六一詞）

楚國細腰元自瘦文君膩臉誰描就日夜鼓聲催箭漏昏復晝紅顏豈得長依舊　醉折嫩房和蕊嗅天絲不斷清香透卻傍小闌凝望久風滿袖西池月上人歸後

又

嫩綠堪裁紅欲綻蜻蜓點水魚遊畔一霎雨聲香四散風颭亂高低掩映千千萬　總是凋零終有恨能無眼下生留戀何似折來妝粉面勤看翫勝如落盡秋江岸

破陣子

海上蟠桃易熟人間好月長圓惟有擘釵分鈿侶離

江南別樣春

又

江南殘臘欲歸時有梅紅亞雪中枝一夜前村開破瑤英拆端的千花冷未知　丹青改樣勻朱粉雕梁欲畫猶疑何妨與向冬深密種秦人路夾仙溪不待夭桃客自迷

殢人嬌

二月春風正是楊花滿路那堪更別離情緒羅巾掩淚任粉痕霑汗爭奈向千留萬留不住　玉酒頻傾宿眉愁聚空腸斷寶箏絃柱人間後會又不知何處魂夢裏也須時時飛去

又

玉樹微涼漸覺銀河影轉林葉靜疎紅欲徧朱簾細雨尚遲留歸燕嘉慶日多少世人良願　楚竹驚鸞秦箏起雁縈舞袖急翻羅薦雲迴一曲更輕櫳檀板香炷遠同祝壽期無限

又

一葉秋高向夕紅蘭露墜風月好乍涼天氣長生此日見人中喜瑞斟壽酒重唱妙聲珠綴　鳳筦移宮鈿衫迴袂簾影動鵲爐香細南真寶籙賜玉京千歲良會永莫惜流霞同醉

連理枝

玉宇秋風至簾幕生涼氣朱槿猶開紅蓮尚拆芙蓉含蕊送舊巢歸燕拂高簾見梧桐葉墜　嘉宴淩晨啓金鴨飄香細鳳竹鸞絲清歌妙舞盡呈游藝願百千遐壽比神仙有年年歲歲

又

綠樹鶯聲老金井生秋早不寒不暖裁衣按曲天時正好況蘭堂逢著壽筵開見爐香縹緲　組繡呈纖巧歌舞誇妍妙玉酒頻傾朱絃翠管移宮易調獻金杯重疊祝長生永逍遥奉道

長生樂

玉露金風月正圓臺榭早涼天畫堂嘉會組繡列芳

筵洞府星辰龜鶴來添福壽歡聲喜色同入金爐泛濃煙　清歌妙舞急管繁絃榴花滿酌觥船人盡祝富貴又長年莫教紅日西晚留著醉神仙

又

閬苑神仙平地見碧海架蓬瀛洞門相向倚金鋪微明處處天花撩亂飄散歌聲裝眞筵壽賜與流霞滿瑤觥　紅鸞翠節紫鳳銀笙玉女雙來近彩雲隨步朝夕拜三清爲傳王母金籙祝千歲長生

山亭柳 贈歌者

家住西秦賭博藝隨身花柳上鬭尖新偶學念奴聲調有時高遏行雲蜀錦纏頭無數不負辛勤　數年

來往咸京道殘杯冷炙漫消魂衷腸事託何人若有知音見採不辭徧唱陽春一曲當筵落淚重掩羅巾

拂霓裳

慶生辰慶生辰是百千春開雅宴畫堂高會有諸親鈿函封大國玉色受絲綸感皇恩望九重天上拜堯雲　今朝祝壽祝壽數比松椿斟美酒至心如對月中人一聲檀板動一炷蕙香焚禱仙眞願年年今日喜長新

又

喜秋成見千門萬戶樂昇平金風細玉池波浪縠文生宿露霑羅幕微涼入畫屏張綺宴傍熏爐蕙炷和新聲　神仙雅會會此日象蓬瀛管絃清旋翻紅袖學飛瓊光陰無暫住歡醉有閒情祝辰星願百千爲壽獻瑤觥

又

笑秋天晚荷花綴露珠圓風日好數行新雁貼寒煙銀簧調脆管瓊柱撥清絃捧觥船一聲聲齊唱太平年　人生百歲離別易會逢難無事日剩呼賓友啓芳筵星辰催綠鬢風露損朱顏惜清歡又何妨沈醉玉尊前

珠玉詞終

图书在版编目(CIP)数据

珠玉词 /（宋）晏殊著；（明）毛晋辑. —北京：
中国书店，2012.9
（中国书店藏版古籍丛刊）
ISBN 978-7-5149-0452-9

Ⅰ.①珠… Ⅱ.①晏…②毛… Ⅲ.①宋词－选集
Ⅳ.① I222.844

中国版本图书馆CIP数据核字（2012）第211076号

中國書店藏版古籍叢刊

珠玉詞

一函一册

作者 宋·晏殊 著 明·毛晋 輯
出版發行 中國書店
地址 北京市琉璃廠東街一一五號
郵編 一〇〇〇五〇
印刷 北京華藝齋古籍印務有限責任公司
版次 二〇一二年九月
書號 ISBN 978-7-5149-0452-9
定價 三一〇元